KB041033

사랑하는 소년이 얼음 밑에 살아서

사랑하는 소년이 얼음 밑에 살아서
한정원

시간의흐름 시인선 1

시간의흐름。

조심해.

울다가 웃으면 어른이 된다.

Prologue
10 – 11

Scene #0 — Scene #27
12 – 107

Epilogue
108 – 111

등장인물

소녀

소년

그리고,

Prologue

깜깜한 무대에서 목소리가 시작됩니다.

나는 바람입니다. 밤에 어슬렁거리는 뒤꿈치,
둥그렇게 굳은 슬픔의 뒤를 밟는 미행자입니다.

슬픔은 냄새가 나고 조용합니다.
그래서 괄호 속에 잘 있습니다.

(물뱀
(겨울
(천사

(풀짜기)
(떠돌이 개……)

사람은 졸음표 중 하나.
사람은 무수한 졸음.

잡아채기 좋습니다.
졸음이 순잡이를 열고
졸음이 무는 꿈을 훔쳐 마시면
나는 계속 뒤꿈을 뒤가 생깁니다.

끝없이 전진하며
공중에 비를 듣고 듣갑하면서
온갖 것이 되어보려는 마음

꼬리가 깁니다.
꼬리를 감춥니다.

10-11

○

- 거친 바람 소리.
- 무대 밝아진다.

- 서 있는 소녀. 잠옷 차림에 맨발이다. 바람 탓에 허청거리다가 바닥에 주저앉는다. 두 팔로 얼굴을 가린다.

※ 암전

- 바람이 잦아들고, 다시 밝아지는 무대.

그녀 표□ ... □ 있지, 그녀가 보이지 않게, 그런 웃음을 짓고 있다(소녀를 보고 있다).

- 팔을 내리고 감았던 눈을 뜨는 소녀. 정면을 본다(소녀를 본다). 표정이 없던 소녀의 얼굴에 서서히 미소가 번진다. 소녀도 따라 미소 짓는다.

소녀 안녕.

소년 안녕 안녕.

소녀 나는 너를 알아.

소년 나도 너를 알지.

소녀 많은 걸 지 않았지만.

소년 많은 걸 지 못했지만.

12-13

Scene #0

소녀 네 이름이 궁금해.

소년 내 이름은, 사라졌어.

소녀 어째서?

소년 큰물이 내 몸을 덮쳤을 때,

소녀 널 부를 수 있으면 좋겠다.

소년 그럼 오늘은 영이라고 불러.

소녀 내 이름은?

소년 내일은 일.

소녀 모레는 이.

소년 글피는 삼.

소녀 나는 언젠가 백(百)이 되겠구나.

소년 나는 언젠가 백(白)이 되겠지.
      나는 흑(黑)이 돼라.

소녀 나는 흙이 돼야지.

소년 네 이름은?

소녀 기억이 안 나.
그럼 네가 나를 못 찾을까?

소년 아니야. 아니야.
네가 나를 생각하면, 생각하자마자, 네 곁에 있을 걸?

소녀 그거 편리하구나.

— 두 사람, 웃는다.
— 점차 어두워지다 완전히 꺼지는 조명.
— 잠시 후 다시 무대가 밝아지면, 소년은 사라져 있다. 혼자 있는 소녀의 표정은 공허하고, 눈에 초점이 없다.

— 바람 소리.

- 소녀의 머리칼과 옷자락이 펄럭인다. 소녀는 알아들을 수 없는 말을 웅얼거린다.

여진이라는 아이가 있었어.

지진에게서 태어나, 지진이 떠나고도 수천 일째 홀로 여진.

날마다 흔들린 탓에 아무도 아이를 안아주지 못했지.

깨진 물컵을 보고 이마를 짚으면 아이의 손바닥은 금이 가.

그 수문에는 온갖 걱정이 빠져 죽었단다.

주먹을 쥐면 모르는 척할 수도 있었다. 심은 온통 빗금이라는 걸.

자신이 다치게 한 이들을 품에 숨겨두고 이불 속에서만 사과하면서.

1

— 소녀의 목소리.

사과 한 마리
사과 두 마리
사과 세 마리

눈앞이 부옇고
나무가 소리 없이 고꾸라지고
나비가 비명 없이 피를 흘리고

숨을 참으면 숨이 점금점금 쌓이고, 사람들은 그걸
눈물이라고 불렀지.
눈물이 헤프니 이별이 끝도 없다고.

단수로서, 불행의 증거로서, 아이는 누구보다 오래 살았어.
가장 긴 여진으로 기록되었어.

※ 여진

18-19

Scene #1

- 소년의 목소리가 먼저 들리고, 이어 밝아지는 무대.
- 다시 나란히 앉은 둘.
- 소녀가 왼손을 펴 들면, 소년은 자신의 오른손을 거기 갖다 댄다 (실제로는 각자 객석을 향해 손바닥을 편 상태).

소년 손바닥을 펴 봐.

소녀 뭘 하는 거야?

소년 손금을 나누어 가지는 거야.

소녀 간지러워.

뿔이 돋을 것 같아.

– 소년은 웃으며 이제 왼손을 펴 든다. 소녀가 자신의 오른손을 거기 겹친다(역시 맞닿지 않는다).

소녀 (엄지손가락부터 차례로 짚으며)

도, 레, 미, 파……

소년 꿀 맞지?

소녀 너는 술이 없구나.

소년 내 노래에는 술이 없어.

―소년의 새끼손가락 자리에는 뭉툭한 흔적만 남아 있다.

소녀 아프지 않았으면 좋겠어.

소년 아프지 않아, 이제는.

소녀 숨이 없는 세상은 어때?

소년 난 설탕을 도도 뿌려.

소녀 오. 햇빛은 파라미로 가리 젓지.

소년 이는 칫시로 닦고.

소녀 신발에 앉은 먼지는 파로 털잖아.

소녀 약속은? 약속은 어떻게 하지?

소년 목소리로. 목소리를 걸지.

소녀 (갑자기 손가락을 입에 대며) 쉿!

- 적적 배는 숨.

- 불을 비추던 조명이 약간 어두워진다.
- 세계의 형상을 한 사람이 손전등을 들고 등장. 불빛을 이리저리 비추며 누군가를 찾는다. 소녀와 소년 주위를 한 바퀴 돌고 무대를 떠난다.

※ 암전

22-23

3

- 캄캄한 무대.
- 소녀와 소년의 목소리.

소녀 저기 하늘에서 반짝이는 게 뭐지?

소년 밤의 비늘이라고 하자.

소녀 밤은 커다란 물고기라고 하자.

소녀 비늘이 밤을 보호하고 있어.
밤은 무엇을 보호하고 있는 걸까?

소녀 어쩌면 하늘은 아주 보드랍고 하얀지도 몰라.

소년 아이들처럼?

소녀 아이들처럼.
환하게 웃고, 서럽게 울고, 꿈을 많이 꾸지.

소녀 하늘을 나는 꿈. 하늘에서 떨어지는 꿈.

소녀 밝은 꿈을 보호해.

소년 꿈은 안전해.

소녀 우리는 안전해.

소녀 저기 하늘에서 비늘이 떨어진다!

소년 주우러 가자.

소녀 주우러 가자.

4

- 소년의 목소리.
- 소년의 이야기가 무대에 마임으로 재현된다.
- 조명 아래 경비원 복장을 한 꿈이 서 있다.

- 소녀가 등장해서 꿈과 인사를 나눈다.

그 꿈은 야간 경비원이야.
밤마다 깨어 있지.

하지만 지금쯤이면 동면에 들어가야 하지 않아요?
내가 물었어.

- 질문하는 홍차를 아는 소녀.

난 잠을 자지 못하는 병에 걸렸어.
꿈이 대답해.

야간 경비원의 채용 조건이 '불면증이 대단히 심할 것'
이었기 때문에, 난 단박에 뽑혔지.

- 대답하는 동작을 하는 곰.

괴롭겠는걸.
나는 속으로 생각했어.
다른 곰들은 모두 달콤한 잠에 빠져 있을 때,
홀로 두 눈을 부릅뜨고 있으니 말이야.
어째서 그리 되어 있냐 물어봐.

- 질문하는 동작을 하는 소녀.

Scene #4

서커스에서 일할 때부터 그랬다,
속이 답답하고 숨이 잠이 달아났다,
몸이 아프기도 했다,
몸이 말했어.

지금은 그래도 마음이 편하다고.
복종하지 않아서 좋다고.

나는 이제 나가려고 문을 밀어보는데,
꽉 잠겨 꿈쩍도 않지 뭐야.
꿈이 있는 한, 모든 문은 철통이니까.

- 한숨 쉬는 동작을 하는 꿈.

- 꿈을 안아주는 소녀.
- 이어서 문을 미는 듯한 소녀의 마임.

- 소녀의 머리에 손을 얹고 다정히 보는 꿈.

그러자 꿈이 상냥하게 말해.
소년아, 내가 잠깐 물구나무를 설 테니
나를 밀고 나가라.

- 서서히 어두워지다 꺼지는 조명.

5

- 소녀의 목소리.
- 소녀의 이야기가 무대에 마음으로 재현된다.

꿈에서 우리는 쌍둥이야.
네 얼굴을 보는데 내 얼굴이야.
같은 마음을 먹고 같은 생각에 빠져.

- 조명 아래 소녀와 소년이 똑같은 옷을 입고 서
있다.

우리의 미래도 언제나 같을까.
궁금했지.
그래서 무당벌레를 찾아갔어.

- 두 사람 앞에 커다란 무당벌레가 등장한다.
- 인사를 나누는 동작을 하는 씬.

무당벌레는 과거를 맞힐 수 있을 수 있고 미래를 점지할 수 있다고 들었으니까.
혹시 우리가 알지 못하는 과거에 대해 말해줄 수 있어요? 네가 물었어.
어쩌면 우리가 알지 못하는 미래에 대해 대해 말해줄 수 있어요? 네가 물었어.

- 무당벌레에게 귀를 바짝 갖다대는 소녀와 소년.

미래는 지나갔다고요? 네가 들은 대로야.
과거는 아직 오지 않았다고요? 네가 들은 대로야.

- 대답하는 동작을 하는 무당벌레.

Scene #5

미래는 나의 과거. 네가 따라서 말해.
과거는 나의 미래. 네가 따라서 말해.
그렇다면 내 앞에는 뭐가 있어요?
미래보다 더 미래는 뭐라고 부르지요?
네가 물었어.
그렇다면 내 뒤에는 뭐가 있어요?
과거보다 더 과거는 뭐라고 부르지요?
네가 물었어.

우리는 동시에 외쳤어.
꿈!
그리고 나는 잠이 깼어.

— 무당벌레의 대답을 듣고, 마주 보는 소녀와
소년.

물체가 있으면 낚을 수 있는 게 많습니다.
쓸모 그중 하나.
깃털, 수증기, 돌로 이루어진 씀을 훈을면
사라지지 않는 건 돌뿐.

그때 길을 가다 돌을 보면 낳이 넣어 있는 거지요.
사람이 손에 올려 요모조모 뜯어보다가
아기인 듯 훌치는 건 거지요.

6

— 바람의 목소리.

그때 숨은 시비도 걸고
강에 뛰어들어 요정도 하고
세상에서 가장 높은 산 위에 서기도
가장 낮은 곳에 앉기도 하지요.

그물을 빠져나간 것은
하늘의 못.
새가 되는 구름이 되는
애태우는 무엇이 됩니다.

숨쉰다는 말
숨보다 해몽이 좋다는 말이

언저리가 됩니다.

36-37

- 전단 뭉치를 든 남자. 행인들에게 전단을 나눠 준다(행인들은 실제하지 않는다).

남자 새를 찾고 있어요.

깃털은 희고 부리는 파랗습니다.
웃지 마시고요, 버리지 마시고요.
이름은 '새'입니다.
'새'라고 부르면 다가올지도 몰라요.
달아날지도 몰라요, 모르지만요.
새를 잃었어요.
사진을 유심히 봐주세요.

- 소녀와 소년이 무대로 들어와, 남자를 발견하고 멈춰 선다.
- 남자에게 전단을 한 장 받아들고 소녀와 함께 보는 소년.
- 그때 뒷벽 스크린에 전단 속 사진이 띄워진다.
- 흰 포말과 푸른 파도가 있는 바다 사진.

남자 세를 찾고 있어요.

소녀, 소년 세를 찾고 있어요.

남자 내 심장과 같은 아이예요.

소녀, 소년 내 심장과 같은 아이예요.

남자 깃털은 희고 부리는 파랗습니다.

38–39

Scene #7

소녀 깃털은 희고

소년 부리는 파랗습니다.

* 사이

- 남자는 퇴장한다.
- 각각 스크린의 양 끝으로 가는 소녀와 소년.

소녀 이건 바다인데,

소녀 새이기도 하고,

소년 심장이기도 하지.

소녀 바다는 뭐든지 숨길 수 있으니까.

소년 아주 큰 고래도.

소녀 아주 작은 이름도.

소년 잃어버린 것이 모두 바다로 간다면,

소녀 그렇다면,

소녀, 소년 (동시에) 우리 같은 생각을 하고 있니?

- 새 날갯짓 소리.

- 바닥에 버려진 전단을 모두 주워 퇴장하는 두 사람.

40-41

— 스크린은 '만물천당포'라고 적힌 간판으로 변한다. 가운데부터 구성을 하는 작은 쳇상과 의자가 있다.

— 주인장 노파가 그 옆에 서서, 검은 가지뿐인 화분에 물을 준다.

노파 보자. 지금이 몇 월이지?

밤이 차가워지는 걸 보니, 늦지, 십일월쯤이 됐구나.

보관품 상자 어디에 양말도 있을 텐데…… 아냐, 아냐.

그 귀한한 걸 신을 수는 없지.

소수축의 소멸 얻어묘로 쩐 양말이거든.

울퉁불퉁하긴 해도 색이 참말로 고왔지.

그 옆 남포로 밝힌 순남은 뭘 털며 갔더라?
말을 못하는 베 내웃이 있나? 과묵한 거울이 있나?
오랜 일이야. 먼 일이야.
다 기억하려면 무릎이 아픈 일이야.
이 무릎은 말이야. 가짜다.
사람들은 진짜를 좋아하지만, 늙으면 얼게 돼.
진짜가 죽으면 가짜라도 길어야 살아.

노파 세상에. 눈물을 밝힌 이도 있었어.
대야 안에 부부의 눈물을 모아 온 거야.
어린 자식이 죽었거든.
몸때 울려고 세수를 하루에 열 번 스무 번 했다지.
얼굴이 오통 물러 있었네.
그자는 걸구 빈손으로 돌아갔어.

* 사이

아무리 고민해도 필요한 게 없있거든.
'아침이 절대 오지 않는 밤'이 있었다면 그걸 가져갔을지도 모르지만.

– 물뿌리개를 내려두고 절뚝이며 의자로 걸어가 앉는 노파.

9

- 소녀와 소년이 무대로 나온다. 둘은 전단 중이
  를 접어 만든 고깔모자를 쓰고 있다.
- 노파가 고개를 들고 둘을 쳐다본다.

소년 안녕하세요.

소녀 안녕하세요.

노파 이리 와요. 난 멀리 있는 것과 가까이 있는 것이
보이지 않아.

- 둘은 노파에게 좀 더 다가간다

노파 여기는 세상에 있는 모든 것이 모두 있지요?

소녀 만물은 그런 뜻이지요?

노파 세상에 있는 모든 것은 있지만, 세상에 없는 모든 것은 없어요. 말해 봐요. 뭘 찾고 있는지.

소녀 지도가 필요해요.

소년 세이고 심장이며 바다인 곳으로 가기 위해서요.

노파 아이고. 쉽지 않네.
담보로 맡길 물건이 있나요?

46-47

— 소녀가 주머니 속에서 꺼낸 것을 두 손으로 감싸 노파에게 보여준다. '꽃'이라는 글자다.

노파 흐오! 이 낱말은 아주 오래된 것으로 알고 있는데.

소년 그중에서도 이건 어느 빼어난 시인이 가졌던 것이에요.

노파 시인의 이름은?

소년 해 경. 스물여덟에 세상을 떠났대요.

노파 사람은 일찍 지고 낱말은 활짝 폈네. 이 물건을 어떻게 손에 넣었어요?

소년 엄마에게 받았어요. 엄마는 외할머니에게 받았고요. 엄마는 결혼하는 날 웨딩드레스에 그걸 달았어요.

소녀 팔아주실 거죠?

노파 가게 안.

– 소녀와 소년, 환하게 웃는다.

– 노파, 퇴장한다.
– 들뜬 표정으로 소곤거리는 소녀와 소년.

노파 자, 그럼 지도를 찾아야지.

※ 암전

10

─ 어둠 속, 바람의 목소리.

버려진 의자를 흔들어 잠을 깨웁니다.
의자는 삐거덕삐거덕 일어나 묻어요.
"바람아, 무슨 꿈을 꾸었길래 네가 이렇게 젖어 있니?"

의자야. 네가 꾼 꿈은 이렇다.

내가 오랫동안 서 있는 자리 뒤에는 철창이 있어.
처음에는 그저 그림자가 있다고 생각했지.
너는 거기 등을 기대려다 화들짝 놀라고 말아. 그림자가 싶은
철창이었고, 철창 속에는 어마어마하게 큰 독수리가 있어서.

어떤 목소리가 내력을 읊어주더라.

그 독수리는 다쳤고 믿음직한 치료를 받았다고, 하지만 낫고
나서도 날아가지 않았다고.

마음이 무릎쓰는 걸 날 계라고 말릴 수 있겠냐고.

철창 안 구석에서 독수리가 너를 지그시 바라봤어.

호릿한 촛불처럼, 뚝뚝 떨어지는 촛농처럼.

너는 열렬히 숨기고 점점 야위어 졌지. 그래서 밤이 왔다.

아직껏 서 있는 네 곁으로, 거의 하나가 건너와 말했어.

그만 기다려요. 당신이 기다리는 사람은 돌아오지 않을 거예요.

너는 흐느끼기 시작했어.

어둠 속에서는 철창도 독수리도 보이지 않는데,

네 흐느낌만 환했어.

열흘이 되려는 듯이, 밤의 오점이 되려는 듯이.

─ 의자 삐걱대는 소리.
─ 빗소리가 솨 하고 시작된다.

Scene #10

50 - 51

11

— 빗소리.
— 폐가에서 비를 피하는 소녀와 소년. 낡은 의자 하나에 같이 앉아있다. 소년은 엎구리에 지도를 끼고 있다.

소녀 죽은 집이다.

소년 검은 집이다.

소녀 집이 아니라 독수리일지도 몰라.

소년 이 처마는 독수리의 발톱일까.

소녀 (속삭이며) 독수리는 떼머리다.

소년 (속삭이며) 밤도 떼머리다.

소녀 그래서 으슬으슬 추운가 봐.

소년 밤도 우리처럼 모자가 있다면.

소녀 새벽이 그걸 훔쳐 갈 거야.

* **사이**

소녀 뭘 보고 있어?

소년 아무것도 보고 있어.

52-53

- 빗소리 멎는다.
- 땅까지 끌리는 긴 소복을 입은 귀신이 무대 귀퉁이에서 나온다.

소녀 (손가락으로 가리키며) 저기 누가 있다.

소년 귀신인가 봐.

소녀 흰 옷을 입었네.
색이 죽으면 흰색이 돼.
핑크가 죽으면 흰색이 돼.
초록이 죽으면 흰색이 돼.

소년 흰색은 모든 색이 귀신이야.

소녀 귀신은 꼭 진짓마를 입덤라.

귀신 다리가 없다는 걸 숨길 수 있거든.

소녀 (놀라며) 아·아·아·아! 믈음 헤!

귀신 비도 그쳤으니까 나와라. 내 자리다.

귀신 문 닫고 가라.

— 둘이 비켜서자, 귀신이 그 의자에 앉는다. 소녀와 소년은 슬금슬금 퇴장하려고 한다.

— 소리 지르며 무대 밖으로 도망가는 둘.

54–55

12

- 한층 어두워진 무대.
- 귀신의 독백.

귀신　이야기 하나 해 줄까?
귀신이 해 주는 귀신 이야기.

겨울이 오려나 봐.

사람들은 날 보면 오싹하다고 하는데, 그럼 나는 오죽 추울까.

하루는 누가 피워 둔 모닥불 곁에서 몸을 녹이고 있는데,

처음 보는 귀신이 휙 지나가.

다른 귀신은 밤에 어딜 돌아다니나 궁금하잖아.

몸 때 따라갔지. 불이 없으니 발소리도 없지.

그런데 체체기가 자꾸 나오려는 거야.

체체기할 때마다 영혼이 빠져나가는 법인데.

그러면 귀신다움을 잃을 텐데.

입을 막고 참고 참았는데도 소리가 세어 나왔어.

앞에 가던 귀신이 움찔하더니 멈춰 뒤돌아보더라.

난 피할 세도 없었지.

그 귀신은 잠시 교개를 가웃하더니 다시 갈 길을 가.

나는 의아해하며 계속 뒤를 밟았어.

두 번째 체체기는 아주 시원하게 나와버렸어.

꼼짝없이 들켰구나, 생각했는데.

앞에 가던 귀신이 뒤돌아 내 쪽을 보더니,

검먹은 목소리로 이러는 거야.

"거기, 누구 있어요?"

그제야 나는 알아차렸지.

그 귀신은 눈이 먼 거야.
살아서도 그랬고 죽어서도 그런 거야.

퀀 잔다. 볼 거다.

—귀신은 이야기를 끝내고 눈을 감는다.

13

— 무대에서 주위를 살피는 소녀. 돌돌 만 지도를 눈에 갖다 대고 멀리 본다.

바람 뭐가 보이니?

소녀 야광 스티커가 반짝이는 집. 나를 걱정하느라 않아누운 이부자리.

바람 뭐가 보이니?

소녀 나뭇가지에 깃든 연. 이제 날고 싶지 않은 연.

무 뭐가 보이니?

소녀 누군가 강물 위에 쓴 일기. 구부렁구부렁, 페이지가
끝도 없이 이어진다.

바람 뭐가 보이니?

소녀 땅 멀미 폐지들. 눈을 뜨고 별을 보고 있구나.
인간을 용서하려고.

바람 뭐가 보이니?

소녀 고해성사를 하는 가로등. 가로등을 붙잡고 사제가
성호를 긋는다.

바람 뭐가 보이니?

60-61

소녀 고양이를 사랑하는 모서리. 고양이가 지나가면
조건 없이 쓰다듬지.

바람 뭐가 보이니?

소녀 배고픈 사람들. 배가 고파 침을 먹는 사람들.

바람 뭐가 보이니?

소녀 나를 찾아 헤매는 베개. 내가 꾸는 악몽의 누명을
쓰고도 억울해하지 않는 선량한 이.

- 무대 밖으로 달려 나가 사라지는 소녀.
- 동시에 순전등을 든 베개 사람이 무대로 들어와
  두리번거리다, 소녀가 사라진 쪽으로 나간다.
- 바람 소리, 나뭇잎 구르는 소리가 잠시 들리다가
  멈추다.

14

- 무대로 들어오는 소녀와 소년. 객석과 마주보
며 제자리에서 걷는다. 이전과 같은 복장에 머
플러만 둘렀다.

소년 우리 놀이 할까?

소녀 끝말잇기 하자.

소년 좋아. 나부터 할까?

소녀 그래.

소년 세끼손가락.

소녀 야!

소년 (킥킥거리며) 그럼 너부터 해.

소녀 음...... 성냥.

소년 야!

소녀 (킥킥거리며) 진짜 한다. 번개.

소년 개구리.

소녀 야!

64-65

소년 앉았어, 앉았어. 음······ 개나리.

– 소년, 웃으며 무대 밖으로 재빨리 걸어 나간다.
– 소녀, 웃으며 뒤좇아 나간다.

15

- 어둠 속, 소녀와 소년의 목소리.

소녀 발이 아프다.

소년 여기 광장에서 쉬자.

소녀 밤의 광장에는 조용함만 모여들었다.

소년 발이 아프지?

소녀 발이 너무 아파서 눈이 생겼네.

소년 티끌을 물고기의 눈이라고 부르는 나라가 있대.

소녀 이제는 내 발바닥도 세상을 본다.

소년 발바닥으로 보면 어떤 기분이야?

소녀 발바닥으로 보니, 기분이 늘어나는 기분이야.
눈물도 붙어나고 웃음도 붙어나는 기분.

소년 눈이 많아지면 어때?

소녀 눈이 많아지면 마음도 많아지는구나.

소년 잠깐 눈을 붙여.

소녀 잠깐 눈을 붙여야겠어. 이 눈도, 저 눈도.

68-69

소년 자니?

시계탑 종이 울린다.

16

- 시계탑 종소리가 세 번 울린다.
- 소년의 목소리.

들어 봐.
사람의 끝은 해파리야.
하지만 끝은 끝에만 있지 않아서, 어떤 아이는 이르게
해파리가 돼.

서서히 투명해질 거야.
투명해서 사라졌다고 느껴질 거야.

따라갚아

읽슬어

손바닥아

무릎아

늘 투명인간이 되고 싶었어.

사탕도 마음껏 먹고, 나쁜 어른들 골탕도 먹이고,
신나잖아.

투명한 미래라고 하자.

내가 너를 지나칠 수도 있고, 내가 너를 통과할 수도
있겠지만,

내가 없는 건 아냐.

— 파도가 모래를 훑는 소리가 한 차례 지나간다.

17

- 무대 밝아진다.
- 큰 괄호 모양 울타리를 사이에 두고 등진 채 앉아 있는 소녀와 소년.

소년 내 목소리 들려?

소녀 (······)

소년 왜 괄호 속으로 들어간 거야?

소녀 말할 수 없이 슬퍼서.

소년 (……)

소녀 꿈속에서 네가 슬픈 말을 했어.

소년 나에게?

소녀 해파리가 될 거라고.

소년 그랬어?

소녀 투명해질 거라고.

소년 그저 꿈일 거야.

- 웅웅을 티뜨리는 소녀.

소녀 그저 꿈이 있으면.

─ 소년이 괄호 옆으로 팔을 뻗어 소녀의 팔을 간질인다. 소녀는 몸을 비틀다가 웃어버린다.

─ 눈물을 닦는 소녀.

소년 조심해.
웃다가 웃으면 어른이 된다.

소년 계속 웃어.
계속 간지러워해.
계속 뿔을 길러.
어디서든 널 알아보게.

18

—무대 밝아진다.
—소녀를 업은 소년, 제자리에서 걷고 있다. 소녀의 옌발이 허공에서 달랑댄다.

소녀 멀구나.

소년 그리운 만큼 멀구나.

소녀 깊겠지.

소년 그리운 만큼 기세지

소년 수심(愁心)이 있으니까.

소녀 그래서 물결이 지나 봐.

소녀 그래서 주름이 지나 봐.

소년 헤엄칠 줄 알아?

소녀 아니.

소녀 빠지면 안 되겠다.

* 사이

- 조명 쉐이 바린다.

소년 내가 널 구할게.

소녀 날 구하지 마. 너를 구해.

소년 싫어.

소녀 고집쟁이.

소녀 거기 닿으면, 사진 찍자.

소년 그래. 거기 닿으면.

소녀 우리 어디까지 왔지?

* 사이

― 다시 조명 셰이 바뀐다.

소년 81쪽까지 왔어.

소녀 82쪽부터는 겨울이 찾지.

소년 난로처럼 추워질 거야.

소녀 네 등은 얼음처럼 따뜻해.

소년 눈이 내릴까?

소녀 눈이 내릴까?

80-81

19

– 어둠 속, 바람의 목소리.

언 땅 위에 새가 누워 있습니다.
새의 눈 속에서 구름이 유빙처럼 부딪힙니다.

눈동자가 다 녹을 때까지 기다릴까요?
온통 흰자위일 때

설경은 그렇게 만들어집니다.

새는 날지 못하지만

새의 눈 속에 깃드는 날뻘테들이 있습니다.
눈보라입니다.

새가 마지막으로 꾸었던 꿈이
새의 밑으로 고요히 새어 나옵니다.
오래 앉았던 가지의 모양으로.

20

– 무대 중앙에서 빛나는 네온사인. 그 위에 '얼음
의 입구'라고 쓰여 있다.
– 소녀와 소년이 함께 지도를 들여다본다.

소녀 여기다.

소년 '얼음의 입구'로 들어가면 '얼음 기차'가 있고,

소녀 그 기차가 우리를 목적지까지 데려다주겠지.

– 둘은 네온사인 아래 문을 밀고 나가, 무대에서
사라진다.

- 동시에 구급차 소리, 울음소리, 다급한 말소리가 크게 들린다. 여기저기에서 번쩍이는 불빛.
- 무대 위로 다시 등장한 소녀와 소년. 어쩔 줄 모르고 헤맬헤맬 다닌다.

소년 괜찮아. 내 손을 꽉 잡아.
      넌 나갈 수 있어.

- 소녀는 소년의 손을 잡지만, 제대로 움직이지 못한다. 아수라장 속에서 소녀의 손을 놓친다.
- 소녀은 쓰고 있던 모자를 떨구고, 무대 밖으로 사라진다.
- 혼자 남은 소녀는 괴로워하다 바닥에 쓰러진다.
- 모든 소리가 섞여 뭉개지다가 멎는다. 불빛도 사라진다.

- 베개 사람이 무대로 나온다. 소년의 모자를 줍고, 소녀를 안아 올린다. 천천히 퇴장한다.

21

- 마주 보고 있는 둘.
- 소년이 말없이 몸짓으로만 뭔가를 흉내 낸다. 팔다리를 휘저을 때마다 바람에 흔들리는 나뭇잎 소리가 난다.

소녀 쉬운걸? 너는 나무야.

- 조금 더 어두워지는 무대, 소년 몸의 절반이 어둠에 묻힌다. 소년이 팔다리를 휘저을 때 파도 소리가 난다.

소녀 너는 파도야.

- 조금 더 어두워지는 무대. 이제 소녀의 상반신만 보인다. 소녀이 뭔가를 잡고 답타는 시늉을 한다.

소녀 나는 연이야.

- 조금 더 어두워지는 무대. 이제 소녀의 얼굴만 보인다. 소녀이 입술을 내밀고 숨을 내뿜는다.

소녀 나는 엄김이야.

- 소녀은 웃고, 소녀는 웃지 않는다.
- 어두워지는 무대.

22

— 낡은 의자에 소녀가 앉아 있다. 고깔모자를 두 개 겹쳐 쓰고 있다. 눈에 초점이 없다.

바람 소녀야.

소녀 ……

바람 소녀야.

소녀 ……

바람 소녀야.

소녀 ……

바람 눈이 펑펑 내리는구나.

바람 펑펑 내리는 눈은, 펑펑 우는 거지.

- 천천히 고개를 왼쪽으로 돌리는 소녀.

23

- 공 치는 소리가 먼저 들리고, 서서히 무대가 밝아진다. 기관사 복장을 한 여자가 라켓을 들고 혼자 공을 친다. 무대 한쪽에는 공이 수북이 쌓여 있다.

- 소녀가 등장해서, 기관사를 유심히 본다.

- 기관사는 계속 공을 치며, 한 손을 들어 소녀에게 인사한다.

소녀 공이 아주 멀리 날아가요.

기관사 이번에는 내가 이길 것 같네요.

소녀 누가 공을 던지는 거예요?

하루도 보이지 않는데.

기관사   신.

소녀   신이 보여요?

기관사   보이지 않아도 괜찮아요.
사방에 있어서, 어디로 던지든 맞을 테니까.

기관사   한번 쳐 볼래요?

— 소녀가 먼 허공을 바라본다.

— 기관사가 라켓과 공을 소녀의 손에 쥐여주고,
시범을 보여준다.
— 소녀는 약간 주뼛대다 공을 친다.

- 경쾌한 소리와 함께 어둠 속으로 날아가는 공.

* 사이

기관사 왜 다시 돌아오지 않지?

- 둘은 의아해하며 뒤돌아선다.
- 그 순간, 바닥으로 사과 한 알이 굴러온다.
- 곧 두 알, 세 알, 우르르 굴러온다.

기관사 까닭은 모르겠지만, 마침 출출했느니 잘됐죠 뭐.

- 사과를 주워 바구니에 담는 두 사람.

기관사 (손목시계를 보고) 출발할 시간이에요.

소녀 (고개를 끄덕이며) 이럼로 자비가 될까요?

기관사 그럼요. 넘칠 만큼.

– 주머니에서 반짝이는 비늘을 한 움큼 꺼내어
기관사의 손바닥에 놓아준다.

24

- 캄캄한 무대.
- 기차 문이 닫히는 소리.
- 바퀴 굴러가는 소리.

- 소녀의 목소리.

- 바람의 목소리.

괘종시계가 울면 세어 보게 된다.
몇 번 울어야 밤이 멈추나.

밤은 자꾸 나를 깨워

나쁜 꿈이 찾아오니 외롭다고 한다.

이를 가는 건 마음을 독하게 먹자는 거였고

잔기침을 하는 건 마음을 불쑥 구부리고 만 거였다고.

＿꿈의 목소리.

나쁜 꿈은 나쁜 사람이나 나쁜 짓과는 다르지.

＿세 찾는 남자의 목소리.

내일은 모두 잊을 거야,

하지만 오늘만 계속 이어지는구나.

＿귀신의 목소리.

98-99

Scene #24

밤은 구멍이 많은 스웨터.

실오라기 하나를 당기면 올없이 풀려, 밤이 짧아지고 아침이 온다.

아침은 헐벗어서 부끄럽다.

부끄러움으로 다시 실을 잇는 거지.

부끄러움을 견디고, 부끄러움의 무늬를 넣어서.

그래서, 가장 아름다운 꿈은 뭐였어요?

가장 아름다운 꿈은,

- 기차가 굴속으로 들어가는 소음에 소녀의 목소리가 묻힌다.
- 더욱 커지는 바퀴 소리.
- 한동안 기차 달리는 소리가 계속된다.

100-101

25

- 열차가 탁, 서는 소리.
- 소녀의 목소리가 들린다.

가장 아름다운 꿈은,

그 애와 함께 있는 꿈이에요.

26

- 조명이 들어오고, 무대로 들어서는 소녀.
- 스크린에서는 언 바다를 찍은 영상이 나오고 있다.
- 소녀가 바다를 바라본다(정면을 바라본다).

소년의 목소리 세다!

소녀 세다!

소년의 목소리 심장이다!

소녀 심장이다!

소년의 목소리 저기 얼음 위에서 반짝이는 게 뭐지?

소녀 네 이름이라고 하자.
무수한 니라고 하자.

소년의 목소리 언 바다에서도 바다 냄새가 나네.

소녀 투명한 냄새.

－스크린으로 한 발 한 발 다가가는 소녀. 바닥에
뺨을 대고 옆으로 눕는다.
－바람 소리가 커세다.

※ 암전

104－105

27

꿈을 꾸던 그대로 걷고 있어
창틀이 검은 눈을 껴고 말을 붙여
소녀야, 또 맨발이구나

내게 갈 때마다 잠옷 차림인 걸 용서해
이런 어른스러운 말투를 배우게 됐어
삶이 트고 있거든
더 차가운 사람이 될 거야
눈이나 서리가 된다면 더 좋을 거야

내게 엎힐 수 있겠지
엎히고도 무겁지 않을 만큼만 자랄 수 있겠지

- 소녀의 목소리.

예쁘게도 열었나

내 발은 닿자마자 얼음 위에 붙어버려
얼음 밑에 사랑하는 소년이 살아서 그런 거지

심장의 절반을 얼음에 대고
오래 비스듬해
내가 수심을 재는 방법이야

하지만 절반을 얼고 있지?
몸이 허공으로 번쩍 들려, 발이 없는 듯이,
왔던 밤을 지나, 이불 속에 넣어지는걸

아침엔 아무 기억 나지 않는다고 말할 참이야
그러고는 내일 밤에 또
사랑하는 죽은 소년, 너를 만나러 올게

Epilogue

무대에 인물들이 차례로 등장한다.
그때마다 스포트라이트가 옮겨가며 꺼졌다가 켜진다.
조명이 꺼지면 인물도 퇴장한다.

* 첫 번째 스포트라이트 *

세 를 입 은 남 자 가 세 를 안 은 채 쓰 다 듬 고 있 다.
깃털은 희고 부드러는 푸르다.

※ 두 번째 스포트라이트 ※

전당포 노파가 화분에 달린 낱말 '꽃'을 조심스럽게 쓰다듬는다.

※ 세 번째 스포트라이트 ※

귀신이 해바라기 씨를 까서 눈먼 귀신의 입에 넣어주며 노닥거린다.

※ 네 번째 스포트라이트 ※

무당벌레와 기관사가 함께 테니스를 친다.
부드럽게 오가는 공.

※ **다섯 번째 스포트라이트** ※

야간 경비원 곰이 베개 사람을 안고 코를 골며 잔다.

※ **여섯 번째 스포트라이트** ※

버려진 낡은 의자 위에 고양이 한 마리가 앉아 있다.

※ **일곱 번째 스포트라이트** ※

빈 무대의 양쪽에서 각각 소녀와 소년이 나와 중앙에 나란히 선다.
정면을 응시하며 웃는다.

다시 조명이 켜지면 이제 소녀 혼자 서서 웃고 있다.

카메라 플래시 터지는 소리와 함께 조명이 꺼진다.

다시 조명이 켜지면 이제 소년 혼자 서서 웃고 있다.

카메라 플래시 터지는 소리와 함께 조명이 꺼진다.

시 간 의 흐 름   시 인 선   1

사랑하는 소년이 얼음 밑에 살아서
1판 1쇄 2023년 1월 10일 펴냄
1판 5쇄 2024년 8월 20일 펴냄

지은이. 한정원
펴낸이. 최선혜
편집. 최선혜
디자인. 나종위
인쇄 및 제책. 세걸음
펴낸곳. 시간의흐름
출판등록. 제2017-000066호
주소. 서울시 마포구 토정로 33
이메일. deltatime.co@gmail.com
ISBN 979-11-90999-12-0 02810